LA
JEUNE FILLE SÉDUITE,
ET
LE COURTISAN HERMITE.

LA
JEUNE FILLE SÉDUITE.

JE VÉCUS HEUREUSE, tout le tems que j'ignorai le vice. J'étois belle & remplie d'attraits ; toute ma perfonne n'offroit que des charmes , & l'innocence étoit dans mon cœur. Contente de moi-même , tous les objets me plaifoient. Mon ame & mon corps étoient vierges; mes fens & mon cœur étoient vertueux. J'étois un ange fur la terre, & l'univers me fembloit être le féjour du bonheur. Celui que je goûtois étoit pur & fans mêlange. De toutes mes heures, il ne s'en écouloit pas une où

a

je n'eusse du plaisir à vivre. Nulle passion ne troubloit la paix de mon ame. Jamais un sentiment de haine ou d'envie n'altéra ma tranquillité : jamais un desir impur n'avoit profané mon cœur. Je ne connoissois ni le mal , ni le malheur , ni la honte, ni les remords. Simple & sans artifice , innocente & libre , je me laissois agir sans étude , je plaisois sans dessein : mes regards , mes actions obligeoient tout le monde , sans que j'y eusse songé. J'entendois vanter ma beauté , & louer ma conduite ; & ces éloges me faisoient plaisir , sans me donner d'orgueil. Les vieillards me témoignoient leur estime : j'étois chérie des jeunes gens. Ils s'empressoient autour de moi , ils admiroient ma beauté , & respectoient ma vertu. Il se croyoit un mortel heureux , celui qui pouvoit obtenir de m'entretenir seulement un

...fant ! Je l'en voyois devenir plus
...er ; & je pouvois fans danger ac-
...order cette faveur. Les difcours des
...ommes ne changeoient point l'état
...e mon cœur. Je les écoutois fans
...être émue ; je parlois chaftement
...d'amour ; je folâtrois, fans péril pour
...ma vertu ; je traverfois fans crainte
...& fans allarmes les campagnes & les
...bois ; fouvent j'y rêvois feule au nom
...d'amour , mais fans éprouver aucun
...trouble. Trop jeune encore pour
...foupçonner fes plaifirs , je ne defi-
...rois rien , & je trouvois mille dou-
...ceurs dans la fimplicité de l'inno-
...cence. Exempte des chagrins & du
...repentir qui fuivent le vice, (je m'en
...fouviens) il n'étoit point fur la
...terre d'être plus heureux que moi.
...Je le fus jufqu'à l'âge de feize ans :
...Je le fus tant que je reftai fidèle à la
...vertu. Mais , en la perdant , je per-
...dis le bonheur ; & c'eft dans mon
...fexe que j'ai rencontré le monftre

qui m'a féduite. C'étoit une de ces femmes confommées dans le vice, qui ont appris par une longue expérience l'art d'éveiller les defirs dans un jeune cœur, de renverfer la tête d'une fille fimple & novice, & de l'entraîner dans ces plaifirs qu'elle ne peut goûter fans crime. Cette adroite corruptrice flatta ma vanité par un langage féducteur, & tourna mes penfées vers les hommes. « Mademoifelle, me dit-elle, que
,, le Ciel vous a fait là un beau pré-
,, fent ! La beauté eft un don qu'il
,, n'accorde qu'avec épargne. Il vous
,, l'a prodiguée. Savez-vous com—
,, bien vous êtes jolie ? Le bel âge
,, que l'âge de feize ans ! Vous voilà
,, dans le tems où la nature vient
,, d'achever en vous fon plus bel ou-
,, vrage, où les années ont fini le
,, chef-d'œuvre de vos charmes. Mais
,, la beauté eft un bien qu'on ne re-
,, çoit que pour en faire ufage. C'eft

,, un tréfor qu'il ne faut pas enfer-
,, mer. Vous feriez une ingrate. Il
,, faut l'employer à faire des heu-
,, reux, en faifant votre propre bon-
,, heur. Autrement que ferviroit-il
,, d'être belle ? S'il falloit qu'une
,, jeune fille qui , comme vous , a
,, reçu des yeux enchanteurs, & tout
,, ce qui peut charmer , ne fît naître
,, les defirs que pour les rebuter fans
,, ceffe, & vécût toujours infenfible ,
,, ne feroit-elle pas plus malheureufe
,, que la femme la plus difforme, qui
,, du moins fçait jouir du peu qu'elle
,, a ? Vous favez comme on hait un
,, avare qui enfoüit fon or au lieu de
,, s'en fervir. C'eft la même chofe.
,, Si vous faites trop la févère, vous
,, qui étiez faite pour être adorée ,
,, vous ferez haïe. Savez vous ce que.
,, c'eft que d'être haïe? Si vous vous
,, obftinez à faire la dédaigneufe ,
,, à vivre ifolée , vous ferez bientôt
,, trifte ; le dégoût & l'ennui s'atta-

,, cheront à vos jours : vous ferez
,, malheureufe. Répondez moi ; fe-
,, riez-vous bien aife de perdre ce
,, beau teint , ces attraits , cette
,, fraîcheur ? Non , fans doute. Hé
,, bien , vous verriez bientôt s'alté-
,, rer cette complexion heureufe qui
,, répand de fi belles couleurs fur
,, votre vifage , & fait vivre les
,, graces dans chacun de vos traits.
,, En vain pour les ranimer vous im-
,, plorerez les fecours de l'art : il
,, n'eft qu'un moyen de les conferver
,, long-tems : c'eft la jouiffance, c'eft
,, le plaifir. L'amour , le feul amour
,, eft le médecin de la beauté ! Vous
,, ne favez pas encore combien le
,, plaifir embellit une belle. Vou-
,, driez vous avoir le fort de cette
,, pauvre Lucinde ? Voyez la : com-
,, me tous fes charmes fe font éva-
,, noüis ! Elle dont les yeux bril-
,, loient il y a fi peu de jours d'un
,, éclat fi vif ! Elle n'a plus rien de ce

» teint de roses, de cette aisance dans
» son maintien, de cette démarche
» légère, de ces graces qui accom-
» pagnoient tous ses mouvemens.
» Aujourd'hui elle est pâle & défi-
» gurée : les belles formes de sa
» taille délicate se sont effacées, ses
» membres sont engourdis & pesans :
» elle n'a plus rien de gracieux ni
» d'aimable. Sa santé est dégénérée :
» les alimens ne la réparent point.
» Son sang dépravé a perdu ces cou-
» leurs dont ses joues étoient ani-
» mées : sa respiration est pénible &
» précipitée. Et tout cela, pour-
» quoi ? Pour avoir rebuté l'amour
» & ses plaisirs salutaires. Ma chère
» enfant, craignez d'éprouver le
» triste sort de Lucinde, & d'inutiles
» repentirs. Hâtez vous d'user des
» moyens qui préviennent ces maux
» affreux, & ne soyez pas victime
» d'une sotte pudeur. Quelle pitié
» ce seroit qu'une si belle fleur vînt

,, à se faner sans avoir été cueillie !
,, Vous ne serez pas toujours belle.
,, La jeunesse passe si vîte ! La vieil-
,, lesse viendra : voulez-vous mourir
,, sans avoir goûté le bonheur de la
,, vie ? Oh , si vous saviez que de
,, choses nouvelles vous apprendrez,
,, que de plaisirs inconnus vous
,, éprouverez dans le premier essai
,, des douceurs de l'amour ! Vous
,, avouerez alors qu'un seul instant
,, de ses plaisirs vaut un siécle de
,, jours passés sans aimer. Dans quelle
,, extase délicieuse vous serez plon-
,, gée ! Comme vous voudrez recom-
,, mencer sans cesse, ce que vous crai-
,, gnez aujourd'hui d'essayer une fois!
,, La jeune fille sans expérience, qui,
,, étant belle, veut rester vierge, est
,, la dupe de son ignorance : mais
,, dès qu'une femme ose une fois
,, s'exposer à perdre avec plaisir ce
,, qui coûte tant de peine à garder ,
,, bientôt détrompée, elle rit de son

» erreur. Quand je fuivis le confeil
» que je vous donne à mon tour, je
» crus naître à une vie nouvelle, je
» me fentis remplie d'un nouvel
» être : oüi, ce plaifir eft fi grand,
» fes tranfports font fi doux, que
» j'aimerois mieux encore le goûter
» & mourir, que de vivre & en être
» privée ».

MADAME, lui repondis-je, je ne
fais ce que vous voulez me dire. Il
eft vrai : je commence à fentir qu'il
me manque quelque chofe : mais,
dès que je m'arrête à cette idée, il
s'élève auffitôt dans mon cœur une
crainte qui repouffe mon defir. Vous
parlez de plaifirs qui rendent heureux ; j'ai peine à croire qu'ils foient
innocens. Ne dit-on pas que c'eft le
plaifir qui a corrompu le genre humain ? Seulement, ce que vous ve-
nez de m'en dire a fait fur mon ame
une impreffion étrange. Si la feule

idée de ce plaisir me remplit de trouble, combien ne dois-je pas redouter sa jouissance ? Cependant, je l'avoue, j'éprouve à vous entendre un charme inconcevable ; je sens dans mon cœur une émotion qui me fait souffrir & qui me plaît. Mon ame est partagée entre des sentimens qui se combattent : je crains & je desire. Le desir augmente ; une ardeur semblable à la fièvre parcourt mes veines & me brûle... Ah, sans doute il est quelque chose qui manque à mon cœur : un instinct secret me dit de chercher ce nouvel objet de mes desirs, mais un autre m'arrête & me le défend. De grace, dites moi, quel est donc cet objet merveilleux qui déjà me tourmente avant que je le connoisse ? Je ne peux le deviner.--Le trouble dans les yeux, je m'approche plus près d'elle, & j'attends avec impatience sa réponse.

La perfide vit bien que ſes paroles
faiſoient leur effet, & me prenant
par la main :

« MADEMOISELLE, me dit-elle,
» les plaiſirs que votre cœur de-
» mande, & que l'on peut goûter
» à votre age, ne doivent point
» vous cauſer d'allarmes. Le deſir
» en eſt naturel, & la jouiſſance en
» eſt légitime. Ne voyez vous pas
» que je vous aime, & que je ne
» voudrois pas vous tromper ? Ce
» trouble intérieur que vous éprou-
» vez vous dit les mêmes choſes que
» moi. Ceſt la nature qui vous parle.
» Si d'en parler fait un ſi grand plai-
» ſir, jugez. . . . Le jeu d'amour eſt
» un jeu plein de douceurs : il fait le
» charme de la vie. Ouvrez tous les
» livres qui en parlent, vous les ver-
» rez vous dire que ce jeu charmant
» eſt l'objet des pourſuites de tout
» le genre humain ; que le prince
» & le berger, le ſavant & l'igno-

,, rant , tous en fentent le befoin ,
,, tous y trouvent le bonheur :
,, que dans toutes les conditions
,, l'amour feul adoucit les peines de
,, la vie : qu'il fait courir plus libre-
,, ment la plume de l'écrivain , chan-
,, ter avec plus de mélodie la mufe
,, du poëte : qu'il allége le poids de
,, la couronne fur la tête des Rois.
,, Oüi , mon enfant , fans l'amour
,, les Rois s'ennuyeroient fur le trô-
,, ne. Il eft l'efpoir de la jeune fille ;
,, il fait le plaifir de la femme. C'eft
,, l'objet des foins de la journée,
,, c'eft la félicité des nuits. Il affou-
,, pit les querelles , enfante & en-
,, tretient l'amitié : fans lui , tout
,, feroit trifte , tout feroit mort.
,, Vous voilà dans l'âge de goûter
,, ce bonheur. Vous le trouverez
,, dans les embraffemens de l'homme
,, que vous aimerez. Preffée dans fes
,, bras careffans , fi vous êtes docile
,, & tendre , c'eft là , c'eft là que

,, vous découvrirez l'heureux secret
,, que vous desirez d'apprendre,,.

Mais, Madame, les hommes! Ma mère ne m'en parloit pas comme vous. Elle me disoit souvent que les hommes étoient des trompeurs, qu'ils ne peuvent aimer plus d'un jour, qu'ils font mille sermens pour être crus ; qu'ils flattent, qu'ils caressent, jusqu'à ce qu'ils aient trompé : dès qu'ils ont réussi, inconstans & volages, ils dédaignent l'objet qu'ils avoient fait vœu d'aimer toujours, & laissent la malheureuse qu'ils ont trahie noyer dans ses larmes le souvenir de leurs fausses promesses. Dois-je donc attendre le bonheur d'un être si perfide? Ah! S'il étoit un jeune homme qui pût m'aimer toujours, toujours m'aimer, comme je l'aimerois, qui voulût me faire son épouse, & enchaîner son cœur au mien par des liens éternels, ah! Je sens que celui-là pour-

roit me rendre heureuſe ! Tous les
jours je ne m'occuperois que du ſoin
de lui plaire ; toute la nuit je le
tiendrois amoureuſement ſerré dans
mes bras.

« Hélas, ma chère enfant, com-
» me vous êtes dans l'erreur ! Des
» liens qu'on ne peut briſer nous
» ſont bientôt à charge. Un peu de
» crainte , un peu d'inquiétude &
» de jalouſie ſont néceſſaires au bon-
» heur : le ſentiment de l'amour en
» devient plus vif & plus délicieux.
» Le plaiſir expire dès qu'on l'en-
» chaîne : il ne vit que de liberté.
» Dès que l'hymen paroît , l'amour
» ſe retire ; c'eſt un aveu que notre
» ſexe fait tous les jours en pleurant :
» le mariage & l'amour ſont auſſi in-
» ſociables que l'eſclavage & la li-
» berté. S'il arrive quelquefois qu'ils
» s'uniſſent, ce n'eſt qu'à force de
» travaux & de peines : & ce n'eſt plus
» qu'un mélange où toujours l'amer-

„ tume domine fur la douceur. Croyez-
„ moi, fi vous voulez être heureufe,
„ confervez vous , tant que vous
„ ferez jeune, indépendante & libre.
„ Quand votre amant fe laffe & veut
„ changer , vous n'êtes retenue que
„ par de foibles liens , & vous pou-
„ vez changer comme lui. Vous re-
„ prenez aifément votre cœur des
„ mains du volage qui vous aban-
„ donne, pour le porter au nouvel
„ amant qui vous donne le fien. Mais
„ dès qu'une fois vous êtes enchaî-
„ née dans les liens de l'hymen , il
„ faut vous attendre à mille injufti-
„ ces : vous aurez à effuyer l'indiffé-
„ rence , le mépris, peut-être des
„ traitemens plus durs : il vous faut
„ dévorer vos peines en filence. Et
„ quel tourment n'eft - ce pas de
„ fouffrir fans ofer fe plaindre , &
„ fans efpoir de vengeance ? Vous
„ ne favez pas quel defpotifme arbi-
„ traire les maris exercent fur leurs

,, époufes. Il faut que la malheu-
,, reufe fouffre & obéiffe. Efclave,
,, opprimée & gémiffante, il faut
,, encore qu'elle s'étudie à plaire à
,, fon tyran, qu'elle le careffe. C'eft
,, la feule reffource qui lui refte : tous
,, les autres remèdes font pires que le
,, mal.

,, LE MARIAGE aujourd'hui eft un
,, joug accablant que la femme s'im-
,, pofe & porte feule ; c'eft une pri-
,, fon où elle s'enferme pour n'en
,, fortir qu'à la mort : & ce plaifir
,, qu'elle achette au prix de fa liberté,
,, perd auffi-tôt fa douceur & devient
,, infipide. Songez, ma fille, fongez
,, à conferver cette liberté précieu-
,, fe ; une fois perdue, il eft difficile
,, de la retrouver. Fille, vous pou-
,, vez faire la conquête de plufieurs
,, cœurs, vous dégager de l'infidèle,
,, vous donner à l'amant fincère,
,, prévenir l'inconftant ; & quand
,, vos premiers amours vieilliffent

„ vous dérober à leur ennui & for-
„ mer de nouveaux nœuds. Mariée,
„ vous vous donnez toute entière ,
„ vous n'êtes plus à vous , vous
„ n'êtes plus que l'esclave dédaignée
„ d'un seul homme. Cent yeux sont
„ ouverts pour veiller sur vos ac-
„ tions. Ces valets qui vous suivent,
„ & dont votre vanité s'honore ,
„ sont des espions qui vous obser-
„ vent: tout s'empoisonne dans leur
„ bouche infidèle; une erreur légère,
„ une fantaisie innocente sont trans-
„ formées dans leurs faux rapports
„ en crimes affreux. Mais tant que
„ vous restez libre , rien ne gêne vos
„ démarches : votre existence est à
„ vous : vous avez tout le loisir de
„ plaire aux autres , & à vous-mê-
„ me : point de reproches à crain-
„ dre , ni d'ordres à recevoir: vous
„ pouvez d'un sourire faire à toutes
„ les heures des conquêtes nouvel-

» les...... Ne seriez-vous pas bien
» flattée de voir un jeune guerrier,
» brave comme son épée, timide
» & tremblant à vos genoux ? Hé
» bien, il n'est point de héros qui
» ne cède au pouvoir de deux beaux
» yeux ».

Elle eût toujours parlé que je
n'aurois jamais eu l'envie de l'inter-
rompre. La nature devenoit en moi
la plus forte, je sentois ma vertu
s'affoiblir par degrés : charmée de
tout ce qu'elle me disoit, & amou-
reuse des plaisirs dont elle me faisoit
une peinture si séduisante ; trop tôt
crédule, je fus bientôt égarée. La
vertu, il est vrai, faisoit encore quelque résistance dans mon cœur: mais je
me sentois vaincue, & j'éprouvois
du plaisir à céder. Une flamme in-
connue s'insinuoit dans mes veines,
tous mes sens se troubloient, j'étois
toute en feu : l'heure de ma perte

étoit arrivée , & je brûlois d'y courir.

Eh, Madame , lui dis-je avec impatience, où est-il cet homme aimable & vrai , à qui une jeune fille peut en sûreté confier son honneur ? Celui des hommes que j'admire le plus , c'est un petit maître. Je craindrois seulement qu'il ne se vantât de mes faveurs ; & malgré cette crainte , c'est encore à lui que je voudrois céder mon cœur. Il est si élégant : il paroît si complaisant , si obligeant ; il fait tout avec grace : il danse , il chante, il voltige autour d'une belle , d'une manière qui enchante. Que ne donnerois-je pas, que ne ferois-je pas pour gagner le cœur d'une si charmante créature? Oh! Comme je l'aimerois, seulement pour avoir son estime! Oüi, il me semble qu'un si joli homme doit être le plus précieux des amans.

Cette femme artificieuse sai-

fit cet aveu , & entendit mon cœur.
Pour enflammer de plus en plus mes
defirs , elle me tînt ce difcours
flatteur.

« MADEMOISELLE , reprit-elle, je
,, connois un jeune feigneur ; c'eft
,, le plus bel homme que vous ayez
,, jamais vu. Il n'a pas fon pareil
,, dans l'Angleterre. Sa taille eft
,, pleine de graces ; une figure ! . . .
,, qui tenteroit une Reine. Plein de
,, jeuneffe & de vivacité , il eft gai ,
,, robufte, poli , obligeant : non , il
,, n'eft pas de fille qui ne fe trouvât
,, heureufe de plaire à un homme fi
,, accompli. –Ah ! Sans doute il eft
,, aimé , lui dis-je , & fon cœur eft
,, donné. –– Oüi , dit-elle : devinez à
,, qui ? . . . A vous-même. Je lui ai
,, fouvent entendu dire qu'il vous
,, avoit vue deux fois , une à l'é-
,, glife, l'autre au fpectacle ; & il
,, m'a affuré que vous étiez la plus

„ jolie perſonne qu'il eût jamais ren-
„ contrée. Il me jura qu'il étoit
„ amoureux de vous juſqu'à la folie,
„ & qu'il paſſoit les jours à contem-
„ pler dans ſon idée chacun des traits
„ de votre aimable figure ; enfin,
„ qu'il donneroit l'univers pour ob-
„ tenir votre cœur. Je n'ai fait que
„ prononcer votre nom ; il m'a paru
„ ſi joyeux , il m'a dit ſur votre
„ compte tant de choſes obligean-
„ tes… Je voudrois que vous euſſiez
„ vu comme il ſoupiroit , comme il
„ s'agitoit , comme il juroit qu'il
„ vous adoreroit toujours ; & que
„ plus vous jouiriez enſemble , plus
„ il vous aimeroit. . . En vérité , ſi
„ vous euſſiez été là ; non , vous
„ n'auriez pu vous refuſer à ſes de-
„ ſirs. Il n'eſt point de pudeur qui
„ réſiſte à tant d'amour : oh ! c'eſt
„ l'homme le plus aimable , le plus
„ parfait. . . „

CES MENSONGES FLATTEURS ache-
vèrent ma défaite. Toutes mes crain-
tes fe tûrent ; je ne fentis plus que
les defirs. Mon cœur n'en pouvoit
plus , & je languiffois d'amour pour
cet objet inconnu.

EH ! Quand pourrai-je, Madame,
quand pourrai-je feulement voir cet
homme fi charmant ! Eh ! Croyez-
vous qu'il m'aime ?-S'il vous aime?..-
Ah , Madame , que je vais donc
être heureufe ! Bienfait , obligeant ,
jeune , point inconftant ! Qu'il m'eft
cher ! Je l'aimerai toujours. Oh ,
Madame, que je le voie ; & s'il eft
fincère , il verra combien je ferai
complaifante & tendre.

« HÉ BIEN , mon enfant , faites
„ votre toilettte , & fuivez moi ; je
» vais vous conduire au bonheur :
» avant peu d'heures vous connoî-
» trez l'aimable objet qui va vous
„ faire éprouver les douceurs de

l'amour : livrez vous sans réserve à ce jeune amant , comme il **va** se livrer à vous lui-même ; & cette nuit vous serez dans les Cieux : votre ame enivrée de transports inconnus goûtera dans un plaisir unique tous les plaisirs de la vie... comme vous me remercierez de-main ! »

JE CRUS que le bonheur venoit s'offrir à moi, & je me hâtai de cou-rir à lui. Je me pare de mes plus beaux atours ; j'arrange mes char-mes ; essences, parfums , agrémens, tout ce qu'emploient les femmes pour attirer les cœurs , rien ne fut oublié. Je me repaissois du fol espoir d'en être plus aimée. En me voyant dans ma glace , je me disois ; en effet je suis jolie, je dois lui plaire.„ Malé-diction sur le jour où je me suis tourmentée pour tenter le cœur d'un perfide ! Malheureuse, comme j'étois

empreſſée d'aller perdre dans un mo
ment de plaiſir tout le bonheur d
ma vie! Ma toilette achevée , je ſer
tis un ſecret murmure s'élever dan
mon cœur. Je frémis au premier pa
que je fis pour ſortir : je voulus m'ar
têter , mais la paſſion qui m'entraî
noit étouffa bientôt la voix de m
vertu mourante : mes ſens parloien
plus fort que ma raiſon , & je ceſſa
de l'entendre.

Nous sortons. Nous faiſons ſi
gne à une voiture de s'approche
Ma vile compagne donne ſes inſtruc
tions au cocher , & lui dit de nou
conduire au N. C'étoit là que m'at
tendoit l'objet inconnu de mes pre
miers deſirs : il étoit prévenu ; &
tout étoit arrangé pour me perdre

Arrivée à cette fatale demeure
je me ſens toute émue : le cœur m
bat avec violence , la rougeur en
flamme mes joues : nous frappons

la porte s'ouvre... Il eſt vrai, je crus voir un ange; je ne vis jamais d'homme auſſi charmant. Il étoit en négligé du matin, & vêtu d'une robe élégante. Il m'introduit d'un air ſoumis & gracieux. Ses lèvres étoient vermeilles comme la roſe, ſon haleine en exhaloit les doux parfums. Sa bouche obligeante reſpiroit l'amour & la douceur: ſa belle main ne pouvoit me toucher, ſans porter le trouble dans mes ſens. Il nous ſert une bouteille de vin étranger: il boit à ma ſanté, & m'invite à boire à la ſienne: Je le refuſai d'abord: mais il me pria d'une manière ſi engageante, que je bus pour lui plaire. Bientôt la femme qui m'accompagnoit, prétexta quelques affaires, & m'engagea à reſter; m'aſſurant qu'elle alloit revenir. A peine elle eſt ſortie que le jeune homme commence à me faire ſa cour: il me prend dans ſes bras,

b

il m'embraſſe, il me fait mille careſſes; il me donne les noms les plus
flateurs & les plus tendres. Affoiblie
par l'amour, étouffée de baiſers, je
ſens que mes forces m'abandonnent:
quelquefois un friſſon ſoudain glaçoit
mon ſang; bientôt après une ardeur
brûlante m'enflammoit. Mon cœur
palpitoit, j'étois tremblante, & je ne
ſavois pourquoi. Le cruel profita de
mon déſordre; ſa main errante…En
vain je réſiſte…Des careſſes plus témé-
raires augmentent encore mon trouble, achèvent d'épuiſer ce qui me
reſtoit de forces: alors enlevée dans
ſes bras nerveux, je me ſens tranſ-
portée toute honteuſe ſur un ſopha;
& là, au milieu de ſes tranſports &
de mes pleurs, il triomphe de ſa
victime. Ainſi corrompue par le premier ſentiment du plaiſir, il m'en-
gage à paſſer la nuit avec lui: j'y
conſentis.

D'ABORD il me donna des preuves de l'amour le plus tendre : je m'y prêtois avec complaisance, croyant que mes plaisirs alloient toujours augmenter : mais à peine quelques heures se furent écoulées, qu'il se détourne, s'éloigne de moi, & me parut indifférent, & de glace. J'eus beau lui adresser les noms les plus doux, je ne pus en arracher une parole : j'eus beau le presser de mes bras, l'agiter, il ne voulut point s'éveiller : le matin, quelles furent ma surprise & ma douleur, quand, dès le point du jour, il me dit d'un air dur, qu'il falloit m'en aller ! Je me lève en silence, honteuse, & sors en pleurant, le remords & le désespoir dans l'ame. Je m'apperçus trop tard que cette femme odieuse m'avoit vendue à ce traître ; & qu'ils avoient traité ensemble du malheur de ma vie pour quelques pièces de monnoie.

Tel fut le premier pas que je fis
dans le chemin du vice : il décida du
reste de ma vie. Entraînée par l'attrait de la volupté, il ne me fut plus
possible de m'arrêter : la passion du
libertinage s'établit dans mon cœur ;
je m'abymai dans la débauche : jusqu'à ce que j'aye trouvé que les
peines les plus cruelles suivent les
fautes les plus douces. Je fus punie
de mes plaisirs : la douleur vint
s'attacher à l'organe du crime. Un
venin mortel se mêle à mon sang, &
me rend un objet d'horreur pour les
autres & pour moi-même. Accablée
de chagrins & de maux, je pars
pour les eaux de Tunbridge ; ne
voulant point mourir encore, mais
bien résolue de donner au repentir
les restes de ma vie. J'espérois que
ces eaux rafraîchissantes éteindroient
les feux dont j'étois consumée : mais
quand je vis qu'elles ne me soula-

geoient point, l'espérance m'aban-
donna, & je me livrai à tout mon
désespoir. C'est alors que j'ai réflé-
chi sur mon malheureux sort : baig-
née de mes larmes, je me disois à
moi-même : hélas ! Que suis-je devenue, où me suis-je égarée, depuis
que séduite par le plaisir & par la
vanité, j'ai quitté la route de la
vertu ? Quelles honteuses images
mes crimes offrent aujourd'hui à mes
yeux ! Que ma vie me paroît horrible ! Comme toutes mes pensées sont
ennemies de mon repos, & tour-
mentent mon ame ! Il me semble que
je vois errer autour de moi des fantômes effrayans, qui me menacent
de ma destruction. Comme ces pau-
vres joues qui avoient autrefois tant
de fraîcheur, sont aujourd'hui pâles
& livides ! Comme ma gorge est
maigre & défigurée ! Qu'est devenue
la douceur de mon haleine ? O mort !

ce n'eft plus que toi qui peux guérir mes maux!

Hélas ! Où eft le tems où je voyois tous les yeux épris de mes charmes ! Où font maintenant tous ces flatteurs fincères qui briguoient un feul de mes regards, & qui auroient tout donné pour le feul plaifir de me faire du bien ? Ah ! Je reconnois trop tard que je ne devois tous ces amis qu'à la feule innocence. O innocence, ô bien plus précieux que la beauté, depuis que je t'ai perdue, je n'ai plus connu de bonheur ! Que n'ai-je été plutôt l'époufe de quelque malheureux batelier, & condamnée à ramer avec lui fur les eaux toute ma vie ! Que n'ai-je embraffé quelque condition plus obfcure & plus miférable encore ! Si j'avois fouffert l'indigence & la faim deux jours, j'en aurois du moins vêcu un!

MALÉDICTION sur la langue perfide qui m'a donné la première leçon du vice. Puiss' une furie s'attacher à son cœur, & le tourmenter sans relâche ! Puisse - t - elle mendier la pitié & ne l'obtenir jamais ! Puisse la corruption l'attaquer vivante, la rendre un objet d'horreur à tous les yeux, & la faire mourir par lambeaux ! Et cet homme détestable qui l'a payée pour me rendre malheureuse ; puisse t-il être réduit à jouir de son horrible complice ; jusqu'à ce que desséchés de vieillesse, & dévorés de maux, ils s'entraînent ensemble dans le tombeau !

ET VOUS, jeunes filles, qui reçutes quelques attraits en partage, que mon exemple & mes malheurs vous instruisent. Apprenez de moi ce qu'on perd en perdant l'innocence. Ne vous laissez pas séduire par des femmes libertines : ne vous laissez pas attirer dans les pièges où leur imprudence est tombée; & souvenez-vous que de l'instant où votre foiblesse succombe , vos malheurs commencent pour ne finir jamais.

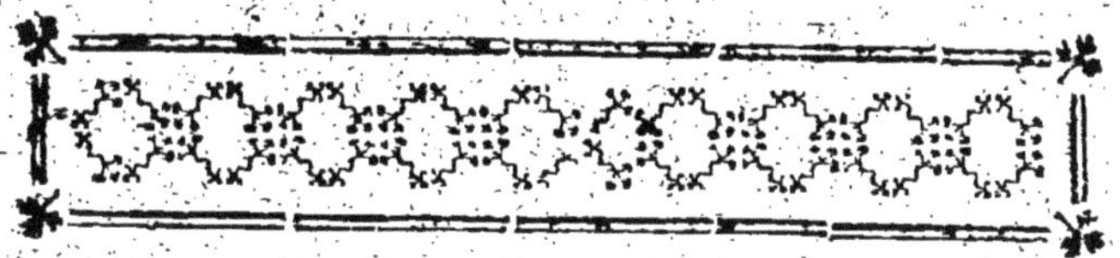

LE COURTISAN
HERMITE.

Nous étions dans ce mois agréable qui tous les ans vient étendre sur la terre un tapis de verdure & le couvrir de fleurs ; dans ce mois charmant , que l'amour préfére à tous les autres , & où les mortels font le plus d'offrandes à l'amour. La mousse qui bordoit les rives des ruisseaux & leur doux murmure invitoient à suivre leurs cours. Les zéphirs échauffoient les airs de leurs tiédes haleines ; les violettes rafraîchies par une douce rosée parfumoient les campagnes d'une odeur délicieuse. La pluie avoit cessé : le soleil avoit dissipé les vapeurs ; le Ciel sans nuages étoit pur & bril-

b v

lant. C'étoit l'heure de la promenade : Polydore fortit pour aller en
goûter le plaifir.

Son cœur étoit fimple & naturel. Il étoit l'amant des mufes :
il étoit chéri d'elles. Souvent il
quittoit le bruit confus des propos
de fa compagnie, pour aller jouir
feul de la mélodie des oifeaux, ou du
murmure de l'onde tombante d'un
rocher. Ses voifins rioient de la fingularité de fes goûts ; il rioit à fon
tour des goûts vulgaires de fes voifins. Jamais il n'eût pu fe réfoudre à
perdre dans des converfations infipi-
des & vaines des jours qui paffent
pour ne revenir jamais. Il avouoit
de bonne foi fes fentimens & fes
opinions, & ne querella jamais pour
les juftifier. Comme il ne blâmoit
point les autres de fuivre innocem-
ment leurs penchans & leur humeur,
il n'exigeoit point qu'on l'eftimât da-
vantage pour les goûts qui plaifoient

à la sienne. Il n'étoit pas sans quelque ambition : mais on s'étonnoit
qu'un homme qui entretenoit des
desirs pour les honneurs & les di-
gnités que donnent les Rois , se
laissât oublier d'eux avec tant d'in-
différence,& restât sans se plaindre &
sans dégoût dans l'obscurité. Vous
l'entendiez citer avec éloge les jeunes gens que leur mérite élevoit aux
premières places, & ses éloges étoient
sincères.

Il pensoit que tout homme , en
passant dans la vie , devoit y laisser
quelque gage de son existence : il
pensoit qu'il est peu d'hommes assez
dépourvus de toute espèce de talent,
pour ne pouvoir prétendre à quelque
réputation ; quant à ceux qui ont
reçu une éducation savante , il vou-
loit qu'on les engageât à graver leur
nom dans les fastes de quelqu'un des
arts ou des sciences. Il y a toujours
du plaisir , disoit-il , à songer que

notre nom fera du moins honoré de
nos defcendans , quand il échappe-
roit à la connoiffance de la multi-
tude. Quel eft l'homme qui n'aimeroit pas mieux defcendre des Waller
& des Walfingham, que du fquelette
d'un noble fans mérite? Cependant,
toutes les fois que les titres brillans
viennent s'offrir d'eux-mêmes comme la récompenfe d'un vrai mérite,
il ne croyoit pas qu'il fût poffible
alors de réfifter à leur attrait.

POLYDORE, jouiffant de la nature
& de lui-même, marchoit fans objet
& fans deffein. De penfées en penfées, de fentiers en fentiers, il fe
trouve engagé dans une efpèce de
contrée fauvage & inhabitée. Une
montagne fe préfente devant lui : le
defir de jouir fans obftacle d'une
perfpective étendue le conduit au
pied. Il monte & arrive fur le fom-
met. Devant lui ferpente une vallée
large & profonde , qui lui préfente

les paysages les plus variés : des prairies fécondes, des ruisseaux brillans, des rocs penchés, des ruines prêtes à s'écrouler. Mais rien n'attacha plus long-tems son attention que des pyramides & des collines, qui, reculées aux bords de l'horison, se perdoient dans l'azur des Cieux. La mer fermoit la scène : mais le grand éloignement l'empêchoit de contribuer à diversifier la vue. On ne la distinguoit qu'avec peine aux rayons du soleil couchant. Son globe qui déja touche la terre avertit Polydore de retourner sur ses pas, avant que la nuit & les vapeurs du soir viennent rendre la promenade désagréable & pénible.

Il descend la montagne : au pied il apperçoit un vieillard qui s'approche d'une petite cabane assise au fond du précipice. Polydore, l'ame encore toute émue, & charmée des objets que son œil venoit de parcourir, s'étonna du goût de ce vieillard, qui, non content d'avoir rompu tout commerce avec les hommes, avoit encore fait son possible pour se dérober la vue des beautés de la nature : il l'aborde & lui adresse la parole.

« Père, lui dit-il, je ne peux
,, m'empêcher de vous marquer ma
,, surprise, en voyant le lieu que
,, vous avez choisi pour votre habi-
,, tation. Je ne conçois pas ce qui
,, vous a pu porter à dédaigner la vue
,, du paysage le plus lointain & le
,, plus délicieux que mes yeux ayent
,, jamais rencontré. Le sommet de
,, la colline vous auroit offert une
,, scène variée de beautés naturelles,
,, qui doivent plaire infiniment à un
,, homme qui paroît aimer autant
,, que vous à rêver & à réfléchir :
,, pourquoi donc avez-vous affecté de
,, cacher votre demeure dans le fond
,, d'un vallon ? Car sans doute cette

,, cabane vers laquelle vous portez
,, vos pas , eſt l'ouvrage de vos
,, mains ,,.

L'HERMITE lui répondit :

« MON FILS , la nuit approche ,
,, & vous vous êtes écarté de votre
,, chemin. Je me garderois bien de
,, vous arrêter à entendre mon hiſ-
,, toire , ſi je ne ſavois pas que la
,, lune qui va ſe lever , vous guidera
,, mieux que ce foible crepuſcule ,
,, dont autrement je vous conſeille-
,, rois de profiter bien vîte. Entrez
,, donc un moment dans ma grotte.
,, Le récit de quelques-unes de mes
,, aventures ſervira mieux que des
,, raiſonnemens à éclaircir vos dou-
,, tes ſur un goût qui vous paroît
,, biſarre. Mais avant d'entrer dans
,, ma demeure ſolitaire , uniquement
,, deſtinée à la méditation , ayez le
,, courage de mépriſer la pompe
,, d'une vaine magnificence , & pre-

,, nez des sentimens dignes de l'Etre
,, suprême que j'y contemple ".

Ils entrent : dès qu'ils furent
affis, le vieillard reprit en ces termes :

« Si j'étois jaloux de conserver
,, encore quelques prétentions à ce
,, qu'on appelle bon goût , je pour-
,, rois vous soutenir qu'un payfage
,, varié , dont l'œil peut diftinguer
,, toutes les parties , doit toujours
,, avoir la préférence fur la vue d'un
,, azur éloigné , vague & confus :
,, mais une autre raifon a déterminé
,, mon choix. Vous faurez que c'eft
,, précifément à un amour trop conf-
,, tant pour la vue de ces images
,, confufes & de ces objets éloignés,
,, qui ont tant de charmes pour vous,
,, que je dois ce qu'il plaît au monde
,, d'appeller mon malheur & ma rui-
,, ne. Le moral influe fur le phyfi-
,, que : nos fuccès ou nos malheurs
,, décident fouvent nos averfions ou

,, nos goûts pour les objets de la
,, nature qui leur reſſemblent , &
,, qui nous en retracent l'idée. Je me
,, ſuis long-tems nourri d'eſpérances
,, lointaines & chimériques : long-
,, tems j'ai cru voir le plaiſir & le
,, bonheur dans les fantômes que
,, mon imagination me préſentoit
,, au fond de l'avenir. Ils m'ont déçu
,, dans l'éloignement : faute d'avoir
,, pu les diſtinguer , j'en ai été la
,, victime : enfin les années m'ont
,, approché d'eux. Je les ai touchés :
,, j'ai vu ce qu'ils étoient : détrompé
,, de mes longues erreurs , j'en ai
,, été ſi vivement affecté, que depuis
,, je ne trouve plus de plaiſir à voir
,, un payſage confus, dont la diſtan-
,, ce m'empêche de diſcerner les
,, objets ſous toutes leurs faces.

,, J'ÉTOIS NÉ dans la paroiſſe d'un
,, Gentilhomme qui étoit parvenu à
,, une des premières places du gou-
,, vernement. Son fils & moi nous

,, étions du même âge , & nous
,, avions été quelque tems cama-
,, rades d'études. J'avois fon eftime,
,, & l'inclination mutuelle qui nous
,, attachoit l'un à l'autre ne tarda
,, pas à être remarquée de fa famille
,, & de la mienne. On le fit voyager
,, de bonne heure , fuivant la coutu-
,, me , à mon gré fort peu fenfée. Sa
,, famille me demanda pour l'accom-
,, pagner. On fit entendre à mes pa-
,, rens qu'une perfonne d'une auffi
,, grande confidération que fon père,
,, pouvoit beaucoup plus contribuer
,, à ma fortune que tous les foins que
,, je pourrois me donner moi-même.
,, Mon père, je m'en fouviens , n'y
,, confentit qu'avec répugnance :
,, mais ma mère , ambitieufe , & fe
,, repaiffant de l'image de la grandeur
,, future de fon fils, fit tant par fes im-
,, portunités , qu'elle lui arracha une
,, permiffion forcée de me laiffer par-
,, tir. Quant à moi, je ne demandois

„ pas mieux : j'étois jeune , & je ne
„ me fis pas prier long-tems. Nous
„ partîmes : nous fîmes enfemble ce
„ que l'on appelle le tour de l'Euro-
„ pe. On ne pouvoit pas dire que
„ nous manquaffions de fens ni l'un
„ ni l'autre : mais bannis fi jeunes de
„ notre patrie , nous fîmes beaucoup
„ plus d'attention aux bifarreries qui
„ nous frappoient dans des coutumes
„ fort indifférentes , que nous ne
„ fongeâmes à nous inftruire utile-
„ ment de celles des mœurs & des
„ gouvernemens. Le jugement, pour
„ l'ordinaire , ne mûrit que fort
„ tard , au lieu que l'imagination
„ épanoüit à la fois toutes fes
„ fleurs.

„ APRÈS fix ans d'abfence, nous étions
„ en chemin pour revenir dans notre
„ patrie ; nous jouiffions d'avance en
„ idée des careffes qu'alloient nous
„ faire nos parens & nos amis, lorfque
„ mon compagnon , que j'honorerai

„ toute ma vie ; fut attaqué d'une
„ fièvre. On épuifa tous les moyens
„ de guérifon , mais inutilement.
„ Lorfqu'il vit qu'il n'y avoit plus
„ d'efpoir, il profita d'un intervalle
„ de tranquillité pour m'adreffer fes
„ dernieres paroles :

» HÉLAS ! Mon cher Clitandre ,
„ vous l'entendez : on me dit que je
„ n'ai plus que quelques heures à
„ vivre. Suivant toute apparence ,
„ au premier redoublement, tout va
„ finir pour moi... Un changement
„ fi foudain ne me permet pas de
„ vous parler de la reconnoiffance
„ que je vous dois , encore moins
„ de vous récompenfer de l'amitié
„ qui l'a méritée. Vous favez que
„ j'ai été féparé de mes parens dès
„ ma première jeuneffe , & que j'ai
„ paffé avec vous feul tout le tems
„ qui s'eft écoulé depuis que j'ai
„ fenti mon ame. Mes parens ne
„ manqueront pas de vous interroger

» avec inquiétude sur mon sort. Vo-
» tre récit réveillera leur tendresse,
» & il est impossible qu'ils n'en
» prennent pas pour le compagnon
» & l'ami de leur fils. J'espère qu'ils
» vous rendront les mêmes services
» que je me proposois de vous ren-
» dre, & qui, je n'ai pas besoin
» de vous l'assurer, n'auroient eu
» d'autres bornes que mon pouvoir.
» Mon cher compagnon, adieu.
» J'ai banni de mon cœur tous les
» autres sentimens de la vie : mais
» celui de l'amitié y reste, & ne
» veut point en sortir : c'est pour
» vous seul que coulent mes derniè-
» res larmes : il faut nous séparer : il
» faut que je vous dise un adieu
» éternel. . . Souvenez vous quel-
» quefois de votre ami.

« MA DOULEUR étoit si sincère &
» si grande, qu'elle n'augmenta
» point, lorsque revenu dans mon
» pays j'appris que son père à qui

,, tenoient mes efpérances de for-
,, tune, avoit perdu toutes fes pla
,, ces. Je l'allai voir : il me parut fen
,, fiblement affligé de ne pouvoi
,, me rendre utile l'amitié qu'il avoi
,, toujours eue pour moi. Il me recom-
,, manda cependant à un de fes ami
,, qui étoit du parti alors en faveur
,, & il m'affura qu'à fa prière ce
,, ami m'aideroit de tout fon pou-
,, voir.

« J'étois alors dans le printem
,, de ma vie : je le paffai à pourfui
,, vre à la cour de vains fantômes
,, mes efpérances fe formoient & fe
,, détruifoient l'une après l'autre auff
,, rapidement que les bulles d'eau
,, de ce torrent qui fuit fous nos
,, yeux. Toujours plein de mes pro-
,, jets, & rejetant les confeils d'une
,, raifon tranquille, je vis l'hyver de
,, mes ans approcher, & je n'avois
,, encore aucun abri, lorfque mon
,, fecond protecteur vint à mourir.

,, Une race d'hommes nouveaux
,, s'éleva devant moi , & tint encore
,, mes efpérances dans l'attente. Je
,, commençois bien, il eſt vrai, à
,, me repentir de ne m'être pas re-
,, tiré plutôt ; mais me retirer fans
,, avoir rien obtenu , lorſque quel-
,, ques mois de perſévérance pou-
,, voient peut-être me conduire à la
,, fortune ; c'eſt à quoi je ne pouvois
,, me réſoudre.

,, « JE CONSUMAI donc encore à la
,, cour quelques années que je diſtri-
,, buai à chacun de ces nouveaux
,, parvenus, & à la fin j'obtins un
,, emploi très-pénible & peu lucra-
,, tif. Dès que je l'eus accepté , mes
,, yeux ſe deſſillèrent tout à fait. Ma
,, paſſion pour les grandeurs s'étoit
,, éteinte : l'habitude de les voir
,, de près m'avoit familiariſé avec
,, elles , & leur éclat ne me
,, touchoit plus, tandis que mon
,, averſion pour la contrainte & l'eſ-

,, clavage n'avoit fait qu'augmenter.
,, Je continue cependant de remplir
,, quelques femaines les fonctions de
,, ma place , en m'étonnant tous les
,, jours comment j'avois pu defirer
,, la vie que je menois. J'avois tou-
,, jours été très-fincère, & ma fran-
,, chife fe trouvoit en contradiction
,, avec mon état à chaque moment
,, de la journée. Je n'y pouvois plus
,, tenir. Je revins dans mon pays où
,, mon père m'avoit laiffé un petit
,, héritage ; il faut vous avouer que
,, je ne m'attendois pas à mener la
,, vie dure où vous me trouvez en-
,, gagé. Je me propofois bien de me
,, contenter du néceffaire , en évi-
,, tant cependant toute apparence de
,, fingularité ; & s'il arrivoit qu'il
,, me reftât quelque fuperflu , je
,, goûtois d'avance le plaifir de le
,, partager aux malheureux. Mais
,, hélas quelle fut ma furprife ,
,, quand je trouvai que la perfonne

chargée

„ chargée de fournir à mes dépenses
„ avoit tellement embrouillé mes
„ affaires, que mes dettes acquit-
„ tées, il m'étoit impossible de vi-
„ vre mieux que je ne fais à présent.
„ Je devins bientôt triste & mélan-
„ colique : je pris en haine le pays
„ où j'étois né ; l'idée d'y essuyer
„ les mépris & la honte, dès que
„ j'y rencontrerois les regards de
„ ceux qui m'ont connu dans un
„ tems plus fortuné, m'étoit insup-
„ portable. Je m'en bannis pour tou-
„ jours, & je vins bâtir cette hum-
„ ble cabane dans un pays où je suis
„ ignoré. Ce n'est que depuis que je
„ mène ce genre de vie que je com-
„ mence à me croire heureux. Main-
„ tenant, vieillard inutile, incapa-
„ ble de faire du bien aux hommes,
„ je cultive quelques végétaux pour
„ me nourrir, & le petit bien dont
„ vous me voyez environné ne doit
„ rien à personne.

” Je sens, il eſt vrai, que mes
,, eſprits ſe raniment encore à la vue
,, d'un ciel pur, ou quand les rayons
,, du ſoleil à ſon midi me pénètrent
,, & m'échauffent : mais pour ces
,, vues ſi étendues & ſans bornes,
,, ces perſpectives ſi vaſtes, je crois
,, que je n'ai pas eu tort de les échan-
,, ger contre la chaleur & la ſubſiſ-
,, tance que me donne cette vallée
,, bienfaiſante : du moins vous con-
,, viendrez que le repos eſt l'ambi-
,, tion de la vieilleſſe, & pour moi,
,, j'avoue que c'eſt mon bien ſu-
,, prême ,,.

” Mais je ne dois pas vous laiſſer
,, quitter un Hermite, ſans avoir
,, reçu une leçon inſtructive. Rete-
,, nez celle que je vais vous donner,
,, & qui m'a tant coûté. Quelque ſi-
,, tuation, quelque genre de vie que
,, vous deſiriez, & que vous vous
,, propoſiez de vous procurer, ne
,, vous laiſſez pas ſéduire par les

,, avantages qu'il vous promet, &
,, fongez à vous faire une idée claire
,, & diftincte de tous les défagrémens
,, qui y font attachés. Moi, après un
,, mois d'expérience, j'ai dédaigné,
,, j'ai rejeté avec dégoût ce même
,, pofte que j'avois employé toute
,, ma vie à defirer, à obtenir ,,.

Lu & approuvé, ce 21 *Mai* 1769.

LE BRUN.

www.ingramcontent.com/pod-product-compliance
Ingram Content Group UK Ltd.
Pitfield, Milton Keynes, MK11 3LW, UK
UKHW022331120726
13694UKWH00004B/1569